AF339340

EPITRE

A

MESSIEURS

DU

CLERGE'.

A LA HAYE.

M. DCC. LI.

EPITRE

A MESSIEURS

DU

CLERGÉ.

AU fond de mon triste manoir
Si je veux réposer le soir,
Ma Muse aussi-tôt me har-
celle,
Comment donc faquin, me dit-elle,

Tu prétend dormir fans fouci

Lorfque tout le monde eft tranffi?

Que chacun exerçant fa plume

Sur fon avis dreffe un volume

Pour la deffence du Clergé

Qui dans peu doit être jugé!

Et toi plus nourri qu'un Chanoine,

Plus pareffeux vingt fois qu'un Moine,

Plus grave qu'un vieux Magiftrat;

Tu refte-la comme un Beat?

Rougis, car cette indifference

Eft de la plus grande indécence:

Jadis on t'a vû des nœuf Sœurs

Le plus zelé des ferviteurs,

A préfent, froid comme un Hermite
Claquemuré dans ta guérite,

Veut-on travailler avec toi?

Tu répond chaqu'un vit pour toi.

Contre les efforts de ma Muſe
Je tint bon, long-tems je m'excuſe
Crainte d'aller mal-à-propos
Me faire inſcrire au rang des ſots :
A la fin laſſé de l'entendre,
Me cajoler puis m'entreprendre,
Je mis au net cet argument
Sur le préſent évenement.
A Meſſieurs Du Clergé de France,
S ᴀʟ ᴜ ᴛ. Le Roi par Ordonnance,
Sans aucune condition,
Exige Déclaration.
De vos biens fonds, terres & rentes,
Voila ce qui met l'épouvante
Dans vos cœurs, timides Prelats,
Qui tremblez tous pour vos ducats,
Vous voyez plus ferme qu'un Buſte,
Après avoir calculé juſte,

Le fin Contrôleur Général

Se déclarer vôtre Rival ;

Vis-à-vis d'un tel adverfaire,

Rarement on gagne une affaire,

Et vous aggraverez vos torts,

En faifant de nouveaux efforts

Pour vous difculper d'un vingtieme

Que vous devez payer de même

Que la Nobleffe, en verité,

Pour raifon de vaffalité,

Vous mettez avec fufifance,

En avant vôtre confcience,

Votre honneur, la Religion ;

Cette nouvelle invention,

Ne vous fervira pas d'un zefte,

Mais approfondiffons le refte

Car vous touchés prefqu'au moment

Qu'on vous parlera clairement :

Primo. De la munificence ;

De nos Rois, de leur bienveillance,

Vous tenés les immunités

Qu'ici fortement vous cités :

C'eſt donc une lourde méprife

D'en faire une loi de l'Eglife,

Retranchez déja cette erreur.

Dont l'intérêt feul eſt l'auteur.

Secundo. Des biens de la France,

Ayant fupputé la Finance,

Il fe trouve qu'un tiers & plus

Compofe tous vos Revenus :

Ne pretextez point de faux titre,

Prenez le bon fens pour arbitre,

vous trouverez ces mêmes fonds,

Sujets aux contributions.

Meſſieurs du Clergé, l'artifice,

Ne peut rien contre la Juſtice ;

Qui vous oblige ainsi que moi
De payer le vingtieme au Roi,
Tertio. Dans le Diocèse,
Où vous décimez à vôtre aise,
Ce n'est pas toujours l'équité
Qui regle la totalité :
Les pauvres Curez qui vous craignent
A voix basse souvent se plaignent,
Je vais d'un calcul onéreux
Mettre l'exemple sous vos yeux.
Un Evêque dont les pratiques,
Revolte les moins satiriques,
Sur son Clergé peut tous les ans
Tirer quarante mille frans,
Ses décimes à vingt-cinq mille,
Sont fixez ; mais cet homme habile
A de bon quinze mille frans.
Dont il entretient ses parens,

D'autres Evêques au vrai très-riches,
A six frans, décimes postiches
sont taxés, & le bas Clergé
Est écrasé, foulé, grugé :
Pour éviter tout ce désordre
Rien de mieux que le nouvel ordre,
Par lequel vous êtes tenus,
De déclarer vos revenus :
Alors, sur l'état des recettes,
Pour liquider le fond des dettes,
Le Roi par un bon Reglement
En ordonnera le payement.
Vous vous recriez sur le terme,
De tribut, d'impôt, de vingtiéme.
Ils blessent vos immunités,
Et sur cela vous nous citez
Un exemple pris dans la Bible,
Où vous lisez, preuve sensible,

Que les Levites autrefois
Ne payoient point d'impôts aux Rois :
A ceci je vais vous répondre,
Verité qui doit vous confondre :
Le Levite avoit pour tout bien
La charité du Citoyen ;
Le revenu du miniſtere,
Eſt exempt de droit tributaire ;
Contentez-vous de celui-là,
Ne recherchez rien au-delà ;
Reduiſez-vous tous à l'aumône ;
Les Fideles ont l'ame aſſez bonne
Pour prévenir vos vrais beſoins,
Et vous rendre de juſtes ſoins :
Il eſt ſûr que votre équipage
Feroit un peu moins d'étalage :
Mais dans le fond ſeroit-ce un mal,
Qu'un Prélat fut ſimple & frugal ?

Ne me forcés pas de médire ,

Et pour éviter ma fatire ,

Faite au Roi la foumiffion ,

De votre Déclaration ,

Je fçai bien qu'un grand Archevêque,

A la tête de quinze Evêques ,

De vos droits zelé protecteur,

Les deffendit avec vigueur.

Il le pouvoit, s'étant d'avance,

Taxé lui même en confcience ;

Si vous vouliez en faire autant,

La chofe iroit tout autrement.

Du bon Prélat de Carcaffonne ,

Que la Providence vous donne,

Je crois que les expédiens

Termineront vos differens.

Mais , furtout fuyez les allures.

De ceux qui parlent des cenfures,

Et qui mettent dans leur efprit,
Tout le Royaume en interdit.
Il me refte fur cette affaire,
Une reflexion à faire :
Dans le nombre des combattans ,
Sur l'intérêt les plus ardens ,
Pour obéir ceux qui recule ,
Ce font les amis de la Bulle ;
L'un d'eux (brillante invention,
Digne en effet d'attention.)
L'an paffé , dans fon Diocèfe ,
Sé préfenta Paul & Thérefe
A deffein de fe marier :
Afin de vous fanctifier ,
Dit ce Prélat , fignez la Bulle ;
Les Curés fans cette formule ,
Ont deffenfe de vous unir ,
Mes enfans il faut obéir.

Dites-moi si ce fanatisme

Est vertu, devoir, zéle, ou crime ?

S'agit-il par ordre du Roi,

De signer une juste loi :

Il vous dit avec éloquence,

Qu'il ne le peut en conscience ;

Messieurs, voici la verité,

J'en fais juge votre équité :

Ce certain Prélat Janséniste,

Que l'on traite de rigoriste,

Qui n'employe son autorité,

Qu'avec justice & dignité,

Qui du nouveau n'est point avide ;

Qui n'a que l'équité pour guide ;

Qui défend avec majesté,

L'intér t de la verité :

Qui parle vrai, qui sçait se taire

Sur les vices d'un adversaire :

Qui depuis quarante ans Prélat,
Fut l'honneur de l'Episcopat ;

Le voyez-vous de l'Ordonnance
Qui dépouille un peu sa finance
Se plaindre tout haut , murmurer ?
Il se retranche & veut payer ;
Je voudrois que sur ce modéle
Chacun de nous regla son zéle.
J'ai dit mon avis en Chrétien,
En Sujet , en bon Citoyen ;
Si les Evêques en conséquence,
Sur le devoir & la prudence ,
Reglent enfin tous leurs differens ;
Je suis heureux , je suis content.

F I N.

www.ingramcontent.com/pod-product-compliance
Lightning Source LLC
LaVergne TN
LVHW010246030726
842520LV00007B/2779